地球發燒

文・圖／汪菁

地球星君愛地球，
千年萬年永不變。

地球發燒了不得了，趕緊找人來醫療。

Global Warming

Antarctic 67°00'S 139°00'E

World Catastroph

Drought

Tunisia 33°42'N,8°58'E

Floods

America   30°00'N,90°05'E

災難連連真嚇人，
地球星君很傷心。

到底病因是什麼？
是天災？是人禍？

化身導演來拍片，
喚醒人們愛地球。

化身建築師，推動綠建築。
生活無污染，健康又幸福。

化身綠化達人，
室內室外都淨化，
有氧綠生活，人人都快活。

化身創作達人，
激發環保創意，
舊物變寶物，
垃圾變藝術。

化身發明大王，資源再生真不賴！
替代能源發明好厲害。

這是一個關於愛地球的故事……

守護地球的地球星君透過電腦螢幕，看到正在寫陳情書給自己的小女孩。
她拿著溫度計和陳情書從台灣跳上外太空找地球星君陳情。

親愛的地球星君：
地球發燒了，怎麼辦？
有退燒藥可以吃嗎？
我們該怎麼讓地球降溫，恢復原來的體溫呢？
小朋友們發燒了，醫生說要多喝水、多休息，才可以恢復健康。
怎麼樣才能讓地球退燒呢？
慈悲的地球星君，請您救救地球！

地球原本是美麗、生機盎然的，地球生病了讓地球星君感到傷心，趕緊找來各地臣子一起想辦法醫治地球。神明們搭乘膠囊藥丸太空船到地球，準備化身為各種達人示範讓地球復原的藥方。

化身為導演，拍出好電影，警惕生活在地球上的人類，喚醒大家即時行動愛護地球；化身為藝人，透過幽默風趣的談話讓節能減碳妙方自然深植人心；化身為建築師，推動綠建築，以節能、生態、減廢、健康訴求打造居住環境；化身為綠化達人教大家以植物淨化空氣，改善環境；化身為創作達人，示範運用回收舊物做環保創作，讓愛物惜物成為習慣；化身為發明大王帶動大家研發再生能源，垃圾、風力、太陽能發電，寶特瓶、保麗龍再生為衣物、花盆……神明們還化身為環保尖兵，教小朋友從小做垃圾分類、善用回收物品資源、維護地球自然生態。

完成任務的神明們要回去了，
他們問小朋友們：「地球未來要靠誰呢？」

寫陳情書的小朋友回答：「喔！我知道了，我住在地球，
要當乖寶寶，隨手做環保，給地球愛的抱抱！」

地球星君持續關心著地球……

【關於作者】

汪菁（Ching Wang）

　　美術創作碩士。現從事美術創作及美術教學。因為創作多元有趣，常被說心裡像是還住著一個孩子。喜歡畫畫、小孩和故事，想創作很多令孩子喜歡的繪本。

・教學部落格/彤采美術部落格:http://blog.xuite.net/tungtsaiart
・FB粉絲專頁/彤采美術工作室:https://www.facebook.com/tungtsaistudio
・環保創作示範影片：http://www.youtube.com/watch?v=lzhrMiHtNvw&feature=youtu.be

【關於這本書】

　　這本書是送給所有地球上孩子的禮物。用孩子喜歡的「變身」趣味的故事情節，將神明變身為讓地球退燒的英雄，小小讀者們因為對角色的認同，潛移默化中也成為美麗地球的小小希望使者。

白象文化─印書小舖

電　話
網　址：www.ElephantWhite.com.tw
郵　址：press.store@msa.hinet.net

設計編印

iDraw（4）

地球發燒了　建議售價・350元

文　・　圖：汪菁
校　　　對：汪菁、徐錦淳
專案主編：徐錦淳
編 輯 部：徐錦淳、黃麗穎、林榮威、吳適意、林孟侃、陳逸儒
設 計 部：張禮南、何佳諠、賴澧淳
經 銷 部：焦正偉、莊博亞、劉承薇、劉育姍
業 務 部：張輝潭、黃姿虹、莊淑靜
營運中心：李莉吟、曾千熏
發 行 人：張輝潭
出版發行：白象文化事業有限公司
　　　　　402台中市南區美村路二段392號
　　　　　出版、購書專線：（04）2265-2939
　　　　　傳真：（04）2265-1171
印　　　刷：基盛印刷工場
版　　　次：2014年（民103）四月初版一刷
I S B N：978-986-5780-86-9

※第四屆白象文化公益教育出書獎感謝以下單位協辦：
台灣環境資訊協會、flyingV、玩股網、大溪藝文之家、頑石劇團、水木書苑、鄧南光影像紀念館

地球發燒了

環境知識遊戲本

文·圖／汪菁

美麗的地球生病了！是什麼讓地球發燒了？

下列作法何者會讓地球生病，請寫出選項代號：----------------

❶ 垃圾長時間的放置會污染大氣，若滲入地下，會污染水源。但現代人太忙，不用分類，有空再處理就可。

❷ 穿上美麗的皮草顯示人類的貪婪與醜陋。象牙藝品、皮毛地毯與熊掌藥材的珍貴造成動物瀕臨絕種！我們要向破壞的行為說「不」。

❸ 雖然汽機車排放廢氣會造成汙染，應該盡量改用大眾捷運系統，但差我一個沒關係啦！

❹ 冷媒、滅火器、噴霧劑、發泡劑、清潔劑中含有氟氯碳化物，會破壞臭氧層，危害健康，造成氣候變遷、溫室效應，我們不要選用。

❺ 人類使用石油、天然氣、煤炭等石化燃料，雖會排放二氧化碳造成酸雨、溫室效應，但人類已經習慣了，不用發展無汙染的綠色能源。

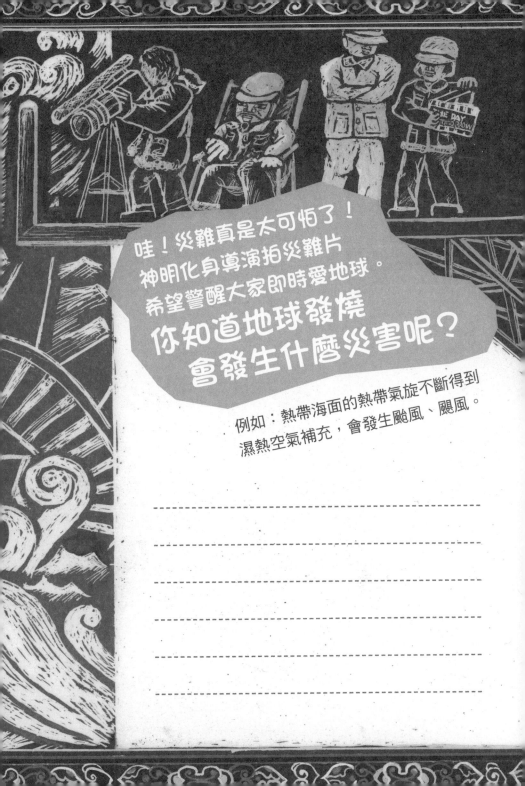

哇！災難真是太可怕了！
神明化身導演拍災難片
希望警醒大家即時愛地球。
你知道地球發燒
會發生什麼災害呢？

例如：熱帶海面的熱帶氣旋不斷得到
濕熱空氣補充，會發生颱風、颶風。

這二位神明化身為幽默風趣的藝人，但是音效發生了問題，聽不到他們傳授的省錢絕招，請發揮創意，寫出他們說的話！

1. 家裡的燈泡壞了，
該買哪一種燈泡較節能？

----

2. 要節能減碳，最好搭乘
什麼交通工具？

----

3. 怎樣使用冷氣會比較省？

----

4. 來認識環保標章：

標章　　　　標章　　　　標章　　　　標章

馬路、公園、郊外栽種植物能淨化空氣，但漂浮在室內空氣中危害健康的物質該怎麼辦呢？別擔心，盆栽植物就能幫忙！

3.

1.

快來認識這些能吸收有害氣體
或是殺菌、抗輻射的高手……

1.

2.

（　　　　　）　　（　　　　　）

3.

4.

（　　　　　）　　（　　　　　）

5.

6.

（　　　　　）　　（　　　　　）

神明化身為環保創意達人。
將舊物變寶物，垃圾變黃金。

找找看生活周遭有什麼東西不用了？可以怎麼改造，
讓它也能變身成為可再度使用的新品，將舊物變寶物，
垃圾變黃金，你也是環保創意達人喔！

我找到的材料

我的改造與創意想法

我的環保創意作品

（將作品畫下或貼上作品照片）

Go

紅框框裡的再生製品，是由哪一個
資源回收物作為再生原料？
沿著正確的答案走，就可以看見地球美麗的未來！

地球不可再生能源終將耗盡，神明化身為發明大王，推動發展再生能源。垃圾除了可以用來發電，運用資源回收的垃圾，還可製作成為不同的再生材料，成為日常所需的資源。

廚餘　　　　　　　　　瓶瓶罐罐

紙類　　　　　　　　　　一般垃圾

請將上圖的垃圾分類，用線連到
應放的資源回收筒類別。

神明化身為環保小尖兵，
教小朋友垃圾分類，
你學會分類了嗎？